U0012491

CLASS ACT

好朋友的約定

新 來 的 同 學 2

JERRY CRAFT

傑瑞 · 克萊福

劉清彥 ————— 譯

要友善、公平、做自己

目 次

矮冬瓜小孩的

素描日記

第 1 章

我到現在為止的人生！

喬登‧班克斯　著

我是喬登‧班克斯。
這輩子一直想成為藝術家。

我的計畫是，待在原本的學校，
聖哈維爾斯中學直到八年級。

然後，我要去上
音樂藝術與
默劇高中…

那是我的夢想。

默劇是一種被濫用的可怕東西

不幸的是，我的夢想
遇見了我媽！

你不需要這種東西！

基於某種原因，她不認為藝術家是「真正的工作」。

所以她溫柔的說服我去讀河谷中學。

那是這座城市超虛假的地方，那裡的居民不承認它屬於布隆克斯區，但它就是！

不，它不是！

噢！

幹得好，潘妮洛普！

誰會叫他們的小孩潘妮洛普？

誰會叫他們的小孩勒布朗？*

這就是為什麼，大家只要一想到河谷鎮，就會有這樣的想像…

幸福的人圍著奶昔涼快！

同樣一群人卻對布隆克斯區有這樣的想像…

街頭遊民圍著火堆取暖！

---

* 潘妮洛普是古希臘神話中，戰神奧德修斯的妻子；勒布朗是知名籃球員勒布朗‧詹姆斯。這裡表達美國白人與黑人命名方式的差別。

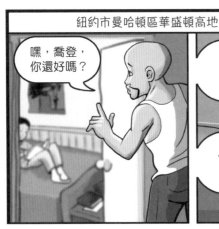

嘿，喬登，
你還好嗎？

只是在想，
下學年就要
開始了…

你也知道，
八年級。

想聊嗎？

好吧，
這學年結束時，
我得做一個
重大決定。

如果這一年很順利，
我也許會不想離開
河谷中學。

但如果我不離開
河谷中學，
就沒有辦法去讀
藝術學校。

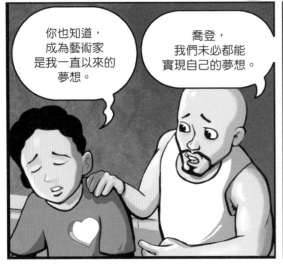

你也知道，
成為藝術家
是我一直以來的
夢想。

喬登，
我們未必都能
實現自己的夢想。

我的夢想是成為
運動作家。

4

看吧？
所以你懂。

還是很怎麼樣，
喬登？

還是很…
我不知道…幼稚？

還有，
我已經十三歲了，
我喜歡的東西還是很…很…

就像我成天
胡思亂想的那些
事情…

或是，
希望自己是
蝙蝠俠。

可是，喬登，
就是因為那樣你
才能成為藝術家啊。

你的人生
才剛開始…

別急，
兒子！

況且，
我就算長大了，
也還是想當蝙蝠俠啊！

謝謝爸…
可是…

比這些
更糟糕的是…

我這個夏天
幾乎沒有長高，
我敢說，德魯和萊恩
現在都 180 了。

我的體味！

我和柯克、肯尼
打了一整天球…

晚上也沒有
洗澡…

這裡…
聞聞看!!!

等等，喬登，
你在說什麼呀？

你聞起來還好啊。

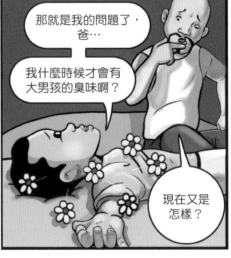

那就是我的問題了，
爸…

我什麼時候才會有
大男孩的臭味啊？

現在又是
怎樣？

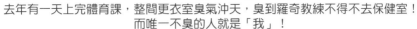
去年有一天上完體育課，整間更衣室臭氣沖天，臭到羅奇教練不得不去保健室！
而唯一不臭的人就是「我」！

喔，這樣啊…
振作點，兒子…

聽你在說啦，
爸。

我保證這個學年結束時，
你就會像你那些朋友一樣，
全身上下臭得要命。

喬登，
我也不知道
自己在說什麼！

呃，好好睡一覺吧，
明天早上就會
生龍活虎了。

爸!!!

不是「昏昏欲睡」
的龍虎

而是「臭臭的」
龍虎！

喔，
謝了，
爸！

7

柔伊，我實在不想再和妳吵這件事！每次只要一講到這個，我就…

比爾，你以為只有你感到厭煩嗎？你一天到晚不在家！

你那些出差都是真的嗎？

9

早晨

快點，喬登，該起床了。

呵啊～爸，再十五分鐘？

想都別想，快點，喬登，起來！

呵啊～媽，早安。

爸，早安。

這才是媽媽的心肝小寶貝!!!

爸爸正在做早餐…

火雞香腸和玉米粥。

好香！

刷刷刷洗洗洗梳梳梳

哇…看看你！

10

去年這時候，
我們正在等萊恩來接你。

時光飛逝。

唉～尤其是「暑假」。

對了，親愛的，
你已經在河谷中學
度過一年嘍，
還有五年。

或者該說，
我還剩「一年」，
還有四年的
藝術學校。

對吧，爸？

兒子，
吃你的早餐。

喔，
注意時間！

對呀，
我們得走了！

讓我在巨人隊杯裡
裝些茶。

我去拿背包。

成熟的全新
喬登·班克斯來了。

再見了，
各位。

感謝一切！

但我已經是
青少年了，
所以…

快點，喬登，
快遲到了。

來了！

砰！

砰！

砰！

再見了，
各位。

祝你有很棒的
開學日。

謝謝媽。

愛你們唷！

我也愛妳，
寶貝！

鑰匙帶了嗎？

帶了，爸。

錢包呢？

有啦。

手機呢？

嗯。

▶▶同一時間

叩！叩！

早安，萊恩，
早餐好嘍。

呵——喔！

謝謝妳，
施小姐，
馬上下去。

哇！
什錦水果吔！

特別加了
你最愛的西瓜。

大家早安。

嗨，萊恩！

唉～

15

▶▶ 同一時間

嗶 嗶 嗶

嗶

16

第 2 章

20

21

嗨，同學，是我…

雅莉珊卓。

我們知道。

對啊，妳以為我們忘記妳了嗎？

嗯…

有可能。

哇！德魯，我愛死你的頭髮了！

差點就認不出你來呢。

沒事，我只是來說聲「嗨」。我超——想你們！

待會見。

再見，雅莉珊卓。

再見嘍。

喔，還有，我之所以戴著波奇汪奇先生，是因為今天這個特別的日子…

就是要讓大家在開學日開開心心啊。

有誰覺得比較開心嗎？

我反而覺得更糟了。

我的鼻子好痛。

喬登，
你真的得好好管管
自己的女朋友。

喔，
別亂講。

不過，
既然說到
「女朋友」…

等一下！
德魯有女朋友？

他們整個夏天
都在視訊。

來聊聊
你的女朋友如何？

誰啊？

唉～他說的是
艾希——

23

我剛剛是不是聽見我的名字呀，德魯？

莉！

我聽見了，對吧？

喔，嗨，艾希莉。

這個給你！

我整個夏天都在練習地瓜派的食譜。

現在終於得心應手了！

嗨，艾希莉。

喔，嗨，萊恩。

嗨，喬登。

艾希莉，原來妳在這裡…

我還以為妳去哪裡了。

喔！難怪…嗨，德魯。

嗨，同學們。

嗨，露比。

嗯，
太詭異了！

我怎麼就
沒有派啊？

你和八卦女王？
哇！

別鬧了！

天哪！
聽聽你們的
聲音…

你們的聲音
也變低沉了。

德魯，
你的聲音和我爸
差不多吔。

好吧，喬登，
雖然我不想讓你
在這種情況下
發現這件事…

但，
我就是
你爸爸。

真好笑！

可是老實說，
我的聲音聽起來
還是像彼得潘啊。

喬登，說一百遍了，你比我們小整整一年。

對啊，喬登，別再批評自己了。

沒錯，那是我的工作！

想我嗎？

嘿，安迪。

嘿。

所以…還好嗎，各位？

同學，
等我一下。

好啊。

我們
談一下？

要談
什麼？

這個…我們去年
有不少過節。

我取代了
你足球隊先發四分衛的
位置…

也有過一些
爭執…

還在餐廳
推倒你。

我只希望
新學年可以重新來過，
就這樣。

所以，安迪，
你怎麼說？

先聲明，
是我自己
「滑倒」的！

還有…
我知道你要幹嘛…

29

不是真的要你們
親吻對方啦…

那樣也不好。

我的意思是，
這件事本身不是
「不好」，
如果你們想…

下課後，
想把自己打昏
就打昏吧！

不過別在學校裡。

唉～這不表示
我真的要你們下課後
「把自己打昏」…

因為那也違反
學校新訂立的
打架零容忍規定。

唉～
我好像
聽見
鐘聲響了。
該走了！

30

我很高興
我們把舊帳清了！

隨便你啦，
德魯！

而且只要我一失去專注力，手錶就會傳送神經電波進入大腦，幫助我集中注意力。

葛拉罕，你為什麼需要額外的專注力？

我喜歡貓啊。

等等…你說什麼?!

琳賽！羅比！凱特琳！你們的暑假過得如何？

很棒啊！

嗨，大家，第二學年的夥伴們！

猜猜看，誰已經不再是食物鏈最底層的人了？

看過來！我們也許不是最大的…

但我們再也不像第一學年那樣弱小了。

啊！

我猜猜看，高年級生又在宣示地盤了。

什麼？喔，對呀。

我是提爾蒂·柏奇老師，你應該就是德魯了。

你都隨身帶著派嗎？

哈！沒有，朋友送的。

很好！德魯…

我聽說了一些去年發生的事。

喔。

要融入這個地方真的很難，就算對我來說也是。

真的？

是啊，很不幸。所以讓我知道，我可以怎麼幫助你。

好嗎？

嗯…好。很酷。

謝謝妳，柏奇老師。

不客氣。既然你最早到，你可以選自己的座位。

嗨，我是撒米拉。

她是梅萊卡。

請進，隨便坐。

妳好嗎，老師？

啊…你一定就是安迪了。

沒錯！安迪，安迪·彼得——

森。

▶▶午餐時間

早上如何？

我有兩門課和安迪同班。

真令人遺憾。

你的老師如何？

柏奇老師和貝克老師都還滿酷的。

坎戴爾老師就不太確定了，雖然…

他試著和我拉攏關係！

他「什麼」？

你知道，就是很酷的和你握手，那類的事。

喔。

萊恩，你的老師呢？

歐奇、艾爾康和藍道夫老師都很酷。

我很喜歡海斯汀老師。

同學！過來這裡。

嗯…你們在做什麼？

38

嗨，大家。

嘿，艾希莉。
嘿，露比。

嗨呀，
德魯！

她迫不及待想知道
你對地瓜派的評價。

還沒吃。

不過…
看起來很棒！
再次感謝。

嗯，
想吃儘管說，
我很愛做點心。

你的船命名為
「德希莉」如何啊？

如果你要那樣說，
你的船就要命名為
「鐵達尼」了！

喔，我好糊塗，
忘了拿叉子。
馬上回來。

40

嘿！

露比，妳剛剛是不是碰了我的頭髮？

才沒有呢，我為什麼要碰你頭髮？

加油，蝌蚪們！

拿到了！

妳說得沒錯，真的好軟！

就說吧。

還有，喬登，你聞起來**好香**！

如何碰觸

喬登・班克斯　著

越看我的朋友德魯，就越看得出我們之間的差異。

別誤會，我們有很多相同處…

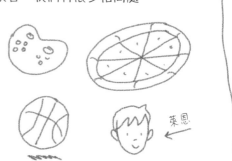

但有些人看待和對待我們的方式真的很不同，雖然我們都是非裔美國人。

例如在我住的那一區，我往往是那個頭髮與眾不同的人…

好軟！

像絲一樣光滑！

可是在學校和其他地方，像德魯那樣的頭髮，就會招來所有好奇的手。

而且基於某種原因，這是人們認為不必事先問過，就可以碰觸別人的唯一時候。

不行！

絕對不行！

想都別想！

你有後悔留長頭髮嗎？

好有彈性啊！

咦，你為什麼會這麼想？

44

我們的約定
安德魯的眼淚

第 3 章

▶▶ 四週後

各位，我有個很棒的點子！

你要轉學到新學校啦？

快去！

掰啦！

不是、不是！
我知道離月底還早，
但萬聖節的時候
我們應該扮成復仇者聯盟。

滿酷的！

對啊，我們還有很多時間計畫。

幻視

鋼鐵人

我扮浩克！

蜘蛛人

不用猜了，
德魯一定
就是⋯

是啊！

48

黑豹!

索爾!

等一下!

什麼啦?!

眨眼

索爾
向來是我的最愛。

可是…你不能扮
索爾!

為什麼?

對啊,
為什麼不行?

噢!
因為,各位!

喔…我懂了!

自食惡果了,
安迪。

喔，好啊，
你們嚇到我了。

我要扮
驚奇隊長。

但她是…

喔…我可以換成
索爾嗎？

不行，雷曼，
你必須是…

嗯…有點麻煩，
等一下再跟你說。

喬登，你可以扮
戰爭機器…

或是蟻人，
因為你個子小。

可是我不想扮成
蟻人啊！

那麼…嗯…
我可以扮
邁爾斯・摩拉斯*嗎？

哇，我們要扮裝嗎？
我要扮貓女！

＊邁爾斯・摩拉斯是漫畫《終極蜘蛛人》裡的角色。

50

呵呵，真有趣！

你知道「更有趣」的是什麼嗎？

是什麼？

我們「沒有人」扮成復仇者聯盟的角色…

只有艾力克斯扮成黑豹。

對吔！雅莉珊卓還是可以扮成貓女！

有趣極了！

看我「畫」德魯！ 一則關於朋友的漫畫
完全相同（卻也非常不同）

喬登‧班克斯　著

全世界和我最像的人，
是我的朋友德魯。

我們喜歡的電影、
電視節目和電玩都一樣。

甚至連食物也是。

而且我們兩個都知道，身為河谷中學的怪咖是什麼樣的感受。

嘿，我叫德魯，
想單獨在一起嗎？

好啊！

可是，我真的很不想承認，因為他比我高很多，膚色也比我黑，人們看待和對待我們的方式，真的差很大。

哇…

唉唷！

我

德魯

在街上，人們對我們的評價
不同。

緊抓著貴重物品

在商店，人們看我們的
眼光也不同。

保全

講到他的時候，人們會說：

沒想到
你這麼聰明。

A+

講到我的時候，人們會說：

喔，喬登，
你不像其他人，
你沒有很黑呀。

全世界的人當中，和我最像的人就是我的朋友德魯，
這個世界卻讓我們變得如此不同。

我不喜歡那傢伙
看我的眼神，
我要報警。

你們今天有球賽嗎？

有啊！驚奇第四足球隊。

對呀！我媽要我加入的，因為我「需要更多運動」。

還滿好玩的，雖然我們的戰績零勝三敗，但每場球賽都能上場。

他們踢得不好…

不過至少還能上場。

喔，那你們這些書呆子都在幹嘛呀？

我們是第三隊，而且戰績三勝零敗。

所以，誰才是真正的書呆子？

這位「我只打美式足球」先生，你笑什麼?!

55

56

*二〇一六年一位美國美式足球隊員在球場單膝跪地，以抗議種族不平等，後來延伸到種族主義抗議活動。

▶▶ 萬聖節

喲，喬登！

準備好我們的——

呃，兄弟，你還好嗎？

沒事啦！

我問是因為你看起來…

該怎麼說？

喔，對了…

臉很臭！

嗯…要換扮裝服了嗎？

好吧。

我奶奶要我不要把自己逼太緊，壓抑自己喜歡籃球這件事…

我還沒有準備好加入球隊…

可是…

噠——啦!

我扮的是詹皇大帝*職籃歷程。

熱火隊、騎士隊、湖——

等一下,你幹嘛打扮得像個主廚?

因為我媽需要眼鏡,就這樣!

她辦公室旁邊有個很酷的地方,有賣我爸電玩遊戲裡「士官長」的官方戲服。

所以我請她幫我

挑一套…「士官長」!

結果她看成「主廚」。*

好慘!嗯,好消息是,除了我沒人知道,所以沒有人會笑你。

是喔,好吧。

看看喬登!他是做餅乾的小精靈之一吔。

好——可愛呀!

他聞起來甚至還有剛烤好的甜餅香味呢。

*「詹皇大帝」本名為勒布朗・詹姆斯,是美國職業籃球聯盟 NBA 的球員。
*士官長是電玩和影集《最後一戰》中的主角,原文為 Master Chief,喬登的媽媽看成 Master Chef,也就是「主廚」的意思。

無敵浩——

克。

等等，我們不是說好都要扮成復仇者嗎？

有嗎？

真的？

嗯…
我不記得了。

喔，我懂了。
你們這些傢伙耍我！

你知道我哥花了多久
才幫我染綠嗎？

結果你們
沒有一個人
照劇本走。

太可惡了！

別擔心，
安迪，你還有…

我們！

黑豹！

還有
貓女和羅賓。

**復仇者
聯盟！**

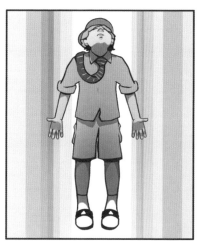

那麼，
其他人都扮成誰啊？

殭屍。

殭屍。

殭屍。

我是億萬富豪
商業大亨。

唉，我們真應該
扮成復仇者。

對啊。

「綠」朋友

第4章

▶▶ 兩天後

早晨還好嗎，
喬丁·史派克斯？

還不賴，
德魯·巴瑞摩爾。

換你問我
早晨如何？

快嘛，
喬登，快問。

嗯…好吧，
你還好嗎？

這可能是我這輩子
最快樂的早晨了！

你？快樂？

我的老天鵝啊，德魯，
怎麼回事？

或者，
既然這樣…

天哪，到底怎樣啦，
德魯？

喬登，你真的
很無趣吔！

反正…
有人在看嗎？

沒有。

你確定？

對啦。

那好！因為這是…

有史以來…

最棒的日子…

大跳超人舞！

安迪已經整整
缺席兩天嘍！

他還好嗎？

嗯…
我沒想過要問他。

不過，這真的很棒。
我從來沒有看過你跳舞。

你會是這間學校
唯一看過的人。

所以…你這麼興奮
完全都是因為安迪？

嗯，可能也和早上吃的
那四個杯子蛋糕有關。

我猜猜看，
艾希莉做的？

喲，那女孩
還真會做甜點啊！

好啦，該去上課了。
真希望安迪今天也
不會來！

66

▶▶ 沒那麼幸運！

早安啊，彼得森先生。

我們整個禮拜都很想念你唷。

還好嗎？

沒事，坎戴爾老師。

同學，你戴帽子幹嘛？

咦，想當阿姆*嗎？

好，但我比較喜歡你那種詹姆斯・狄恩*的調調。恐怕得請你拉下帽子。

唉～

*阿姆是美國著名饒舌歌手。

*詹姆斯・狄恩是美國五〇年代的電影明星。

基本上
我必須等到這層皮膚
自己褪色。

竊笑 竊笑
竊笑 竊笑
竊笑
竊笑 竊笑

還有，
我的手臂和腿都起疹子，
所以得遮起來。

好吧…在我們繼續上課前，
還有人要問安迪什麼問題嗎？

你哥哥叫
凱爾啊？

他也是
綠色的嗎？

不好笑，同學！

因為膚色嘲笑別人
一點都不酷！

別擔心,安迪,這裡是河谷中學,我們不看膚色。

我們只看「綠色」!

羅傑,夠了唷!

誰能給安迪具體有幫助的建議呢?

坎戴爾老師,我爸是醫生,我知道他手臂上的疹子是什麼。

謝謝妳,撒米拉,請為我們解惑。

浩克疹 !!!

撒米拉 !!!

70

▶▶ 德魯的舞會，第二場

老兄，你不能再吃甜點了！
糖讓你太亢奮了。

不，
才不是那樣！

反正，
不完全是那樣！

看看
那個!!!

快看！
七龍珠裡的比克吧！

還是
酸黃瓜 O*。

不對，
應該是
綠光戰警才對！

*酸黃瓜 O 是 T 恤上的圖案，是與七龍珠比克穿著同樣白色斗篷的酸黃瓜。

嘿，你們剛剛有沒有看到…？

當然有啊。

人生是不是很美好呀？

我不知道。我有點替他感到難過。

你當然會，喬登。

可是，你覺得「他」會為「你」感到難過嗎?!

可能不會。

但還是有點難過。

嘿，放假的時候你們要不要來我家？

好啊。

好吧，太酷了。反正大部分的時間我都是一個人。

別告訴安迪…

他一定會嫉妒到發「綠」！

唉唷！

73

不好意思，德魯，借一分鐘說話好嗎？

嗯…好。有什麼事嗎？

我有個請求。

為了推廣河谷中學的多元化，我們簽訂了一所姊妹校。

南布隆克斯區的巴德紅衣主教中學，又稱紅衣學院。

我們邀請了一些八年級生來訪，希望他們下個學年度可以來學校註冊。

我們希望你和莫利可以擔任學校代表，帶他們認識校園。

好啊…但羅奇老師，為什麼是莫利，不是喬登？

歐姆蛋

第 5 章

78

但我爸要我
自己決定。

唉，喬登·皮利，
這裡沒有你
就完全不一樣了。

謝謝你，
德魯·凱瑞。

我得閃了。

我和莫利
早上要帶訪客
校園巡禮。

我對他們說，
應該找我們兩個一起，
可是…

我不像莫利
那麼黑。

沒關係啦，德魯，
反正我也不想去
做那件事。

酷！
待會見。

唉～

81

克里…克…嗯…喔，天哪！

老師，那只是單純的克里斯多福。

喔…原來如此。對吔，呵呵！

剩下的都跳過如何？

所以，河谷中學成立於一九○七年。（如此這般…）

你們學校的人都很有錢嗎？

沒有，我是拿獎學金進來的。

真的？

你好！

我是崔夏。

我是德魯。

你在這裡待了一輩子？

我去年才來的。

但莫利一直在這裡…

82

莫利？唉～

我就知道他們應該找喬登來。

所以，德魯，他們容許你在這裡展現聰明才智嗎？

或者，他們只是想辦法要熔掉你的翅膀？

熔掉我的翅膀？

就像伊卡洛斯*，你知道他嗎？

喔，希臘神話。好比喻，崔夏！

是啊，他們真的會讓你在這裡展翅高飛。

事實上，這也是他們的期望。

那是最先進的摩根圖書館。

天哪！我們的圖書館只是六箱舊書。

其中五箱都和馬丁·路德·金恩*有關。

崔夏讀完每一本書了，那個女孩根本就是書蟲。

*希臘神話中的角色，伊卡洛斯原本想藉由蠟和羽毛做的翅膀逃離克里特島，卻不顧父親勸告一意飛向太陽，最後翅膀熔掉墜落死去。

*馬丁·路德·金恩是美國牧師，是非裔美國人權運動領袖。

85

所以，你們還有什麼想知道的嗎？

有，我很好奇，為什麼你覺得帶我們來這裡是個好主意。

嗯…姊妹校計畫的目標是彼此學習。

還有為你們下個學年提供不同的選項，如果你們家——

什麼？贏了威力彩嗎？

老師，老實說，妳也知道我們根本沒有人會來這裡！

我喜歡閱讀，可是我已經讀完箱子裡的書了。

這樣公平嗎？

為什麼他們可以在這麼美麗的地方上學？

這表示他們也會來讀我們學校嗎？我會覺得丟臉死了。

我沒有過動症，但我們學校實在吵得讓我沒辦法專心。

*羅奇老師對早午餐的解釋，來自辛普森家庭中的角色，雅克曾講過的話。

那是湯嗎？

那是加了朝鮮薊和水田芥的水。

喔。

還有，順便跟妳說，他們這裡的歐姆蛋真的超讚。

那是什麼？

小姐，妳不知道什麼是歐姆蛋啊？

就像蛋做的三明治，只是蛋就是麵包。

裡面包了各式各樣的材料。

我知道啦！

只是從來沒吃過。

但現在我要來一份。

對啊，我也要。

我也要。

時間剛好，我班上的學生來了。

來見見我們姊妹校的這幫人吧。

89

*科米蛙是芝麻街中的角色。他曾唱了一首歌:〈要成為綠色的人一點都不容易〉。

▶▶漫——長的二十分鐘後

嘿！我有個好主意，去看看我們的體育場…

順便告訴你們，我們有提供體育獎學金唷。

我不是說你們全都在打球，只是…你們懂吧。

反正，這就是我們的足球場，還不賴吧？

喔，她喜歡跑道，對吧？

她是拉——

肯尼帝。

喔，這下他們都想試試身手了。

沒問題，去吧。

看見他們終於有喜歡的東西真好。

他們應得的。我真的很愛這些孩子們。

這間學校真不簡單，對吧？

對啊，真的。

我知道在這裡很不容易，但我支持你。

謝謝。

我也希望妳有一天可以展現自己的翅膀。

他們不打算回來了，是嗎？

唉～我想是吧。

走嘍，崔夏！

再見了，德魯！

下回見，崔夏！

喔，好唷！

嗯…就第一次來說，還不算太糟。

對吧？

德魯？

唉～

各位，他是德魯。

隱形的
「我」

第 6 章

你知道嗎，我覺得很詭異欸？

為什麼有些人會叫別人「狗」。

你是指，像你最好的朋友安迪，和他常掛在嘴邊的「還好嗎，德——狗？」

我不會說那樣很詭異，只是很惹人厭。

可是，「真正的」狗表現好時，人們會怎麼說？

好男孩？*

這就對啦!!!

我們叫男孩「狗」，卻叫狗「男孩」。

哇！真的很詭異。你怎麼會——

德魯？

*原文為「good boy」。

100

102

▶▶ 感恩節假期

喬登剛剛傳簡訊給我，他們在樓下了。

再見，親愛的。

和你的朋友們好好玩。

奶奶再見。

嘿，喬登。

嗨，班克斯先生。

嘿，唐納·布雷克。

嘿，傑福森·皮爾斯。

班克斯先生，謝謝你載我們。

不客氣。

你決定好下學期的旅行團了沒？

沒，我從來沒出過國，所以看起來都很不錯。

你呢？

105

不只是大…

是像詹皇家的房子那麼大。

哇！
真的？

你等著看吧，
我不說了。

我不會要你們真正的交談。

我知道
你們千禧世代，
或隨便什麼世代，
更寧願傳簡訊。

就算你們在
同一部車子裡。

超越
玩命
關頭
47

哪有，班克斯先生，
我們才沒有那麼糟。

喔，你們就是
這樣啊！

你們這些小孩，
就算站在最美麗的夕陽前，
也會視而不見…

寧可滑手機看
串流影片上的夕陽。

我打賭輸了

恰克‧班克斯　著　　喬登‧班克斯　繪

我小時候，如果做現今小孩在社群媒體上所做的每一件事，結果會截然不同。

← 我爸小時候

#1 拍食物照。

大家會想知道我今天午餐吃了什麼。

#2 隨意給人評價

我相信你。

呃…謝啦？

#3 自拍，然後在上面畫狗耳朵和舌頭。

#4 隨便告訴別人事情。

火車今天早上誤點超超超超久！

親愛的，快點，他還在跟蹤我們。

#5 給陌生人看自己寵物的照片。

牠是我養的金魚「阿金」。

#6 每天自拍同樣的照片！

#7 沒有獲得對方許可就拍陌生人！

好可怕！

#8 告訴陌生人自己對每件事的意見！

這就是我覺得《星際大戰》和《星艦迷航記》很像…

卻也很不一樣的原因！

要是我做了你們現在所做的每一件事，可以確定的是，我也會有一大堆人追蹤！

那就是為什麼你們現在的小孩，就像你說的很「另類」的原因。

哈哈哈

...嘎?!

爸，為什麼那輛警車要我們停下來？

我也不知道，喬登。

手機放下來，
手上不要有東西。

手放在他
看得見的地方。

不要說話。

可是爸…

喬登！

德魯，你也一樣。

好，
班克斯先生。

晚安。

請給我
行照和駕照。

＊巨人隊和愛國者隊都是美國的美式足球隊。

＊湯姆‧布萊德利曾是美式足球愛國者隊球員，艾里‧曼寧則曾是巨人隊球員。

116

爸，再見。

班克斯先生，謝謝你載我們來。

你們想先玩什麼？Xbox 還是 PlayStation？

你兩種都有?!

你好啊，喬登，又見面了，你應該就是德魯。

蘭德斯太太，很高興見到妳。

你們可以叫我柔伊。

嗨，蘭德斯太太。

披薩一個小時後會送來，在那之前如果需要任何東西，施小姐都會送來給你們。

哇，好棒的房間！

謝了。

咦，葛雷森呢？

那是他小弟。

在附近某個地方吧。

唉～

117

你媽好像
很不賴耶。

對啊，
還好啦。

她做什麼的？

什麼意思？

她靠什麼賺錢？
就是…工作啊。

我不知道…
嗯…什麼也沒做。

她以前是
律師，
可是…

柯絲坦出生後
就沒在工作了。

嗯…

有人搶走
電力了！

叩
叩

幹嘛？

有人訂披薩嗎？

喔，皮爾先生。

德魯，這位是皮爾先生！

你好！

喬登，你還記得皮爾先生吧！

很高興見到你，德魯。

還有，很高興又見到你，喬登。

我也是。

先生們，請跟我來。

嗨，喬登。

嗨，另一個客人！

嘿，葛雷森。

120

德魯，他是我小弟葛雷森。

嘿。

好好享受你們的披薩。

早上見嘍。

不，皮爾先生，請留下來。

媽，可以嗎？

一定要！你可以坐比爾的位置。

咦，你爸呢？

出差！

孩子們，如果你們從來沒有吃過「費托拉奇歐」的披薩，肯定會愛上。

沒，從來沒吃過。

我也是，但我好愛…

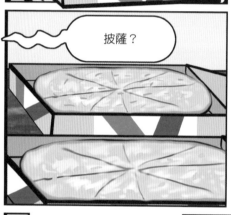

披薩？

嗯，柴燒、窯烤、無麩質…

還有方圓百里內最薄的餅皮。

這才是我想要的！

柯絲坦，我們在吃披薩薩薩…

我不在乎乎乎…

我姊啦。

了解。

好啦，各位，你們要選…

馬茲瑞拉乳酪烤甜椒白醬百慕達洋蔥披薩，

還是蛤蜊橄欖油烤大蒜披薩。

太複雜記不住啦。我想試試這個，離我最近。

我也是。

那是白披薩。

喔…我還以為是烤甜椒口味的。

抱歉。

123

各位，盡量吃吧！

咳咳咳

嗯…中間有馬茲瑞拉乳酪和鄉村軟乳酪，但是沒有番茄醬…

因為它名字的關係。

這是唯一的原因…

我發誓。

拜託…吃吃看吧！

我還好，不過謝了，蘭德斯太太。

我堅持！你甚至可以吃掉一整個！

要打包回家也可以！

我不是在暗示你
吃很多…

或是…家裡…
沒有吃的…

那…

只是…

因為…

請容許我先離席。

施莉黛!!

您的瑜珈墊和
洋甘菊茶
都準備好了。

所以…管他的…
皮爾先生
教我踢足球。

他真的很厲害!

他曾經在
海地足球隊裡
踢過。

他從海地
來的。

125

喔，難怪萊恩踢得那麼好，原來是因為你。

萊恩是很棒的學生。

皮爾先生有個和我同年的兒子。

他叫朱利安，現在還住在海地。

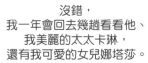

沒錯，我一年會回去幾趟看看他、我美麗的太太卡琳，還有我可愛的女兒娜塔莎。

哇！你是說，你住這裡，他們住在那裡嗎？為什麼？

地震過後有許多地方需要重建…

所以我在這裡工作，寄錢回家。

我的事聊夠了，你們該去找樂子了。

喔，好啊，很高興見到你。

彼此彼此。

哇！你「爸」好酷！

噢！真不敢相信露比已經把那件事告訴所有人了。

管他的…你們想玩 Xbox 還是 PlayStation？

▶▶我們兩個都玩！

127

不做喵小孩
要服從學校
真的好難

喵小孩

第 7 章

喵約時報最暢銷毛作家

毛毛・克雷夫

「毛茸茸、銳利的爪子，全然真實。

喬登・曼克斯

是每個人都會談論的一隻貓。」

── 傑夫・凱帝

（《遜咖貓日記》作者）

▶▶ 早晨

吃早餐嘍，
孩子們。

水果沙拉，
耶！

嘿！
怎麼沒有西——

今天沒有。

可是，
為什麼？

去問你媽。

我不喜歡哈密瓜。

▶▶ 吃了三片肉、雞蛋和一堆無麩質鬆餅後

謝謝妳的早餐。

對啊，
超讚。

太好了！
很高興你們喜歡。

下午想去游泳的
舉手？

我！

游泳？

十二月哪裡還有
游泳池開放啊？

別擔心，
溫水的。

我們甚至幫你們
準備好泳褲了。

你們可以在走廊
那頭的浴室換裝。

我去拿
我的泳褲。

天哪！
他們家連游泳池
都有？

他從來沒提過。

他剛有說是
左邊還是
右邊的門嗎？

我沒在聽。

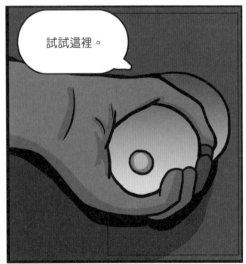

試試這裡。

喬登。

135

▶▶皮爾先生要我們等半個小時再下水，時間一到，萊恩就率先跳下水。

快來，水溫很棒吔！

我不太會游泳…

但我會試試看…

如果不太冷的話…

哇！就像熱水澡缸吔。

我從來沒有泡過熱水澡缸。

快來，水行俠！

不了！我不會游泳…

從來沒游過…

也絕對不會游！

▶▶ 九百個小時以後

好啦，孩子們，該走了。

我們答應過不要太晚送你們回家。

皮爾先生，看我們變得好皺！

德魯，你確定自己還好嗎？

還好，我不屬於游泳池。

只是，你平常都很快樂也很滿足。

只要有你在就很開心。

喔，等等，我想成別人了。

別在意。

喔，你真是愛說笑啊！

午餐好了。蘭德斯太太為你們訂了很美味的大餐。

太棒了！

別這樣嘛，德魯。告訴我到底怎麼了。

德魯？

好啦。

你警告過我他們家很大…

可是天哪！

我知道，我爸到現在還在做噩夢。

我甚至不想告訴他游泳池的事。

你知道這裡可以住多少人嗎？

卻只住了他們五個人。

喔，你們來啦。游泳好玩嗎？

太棒了！

對啊，謝謝妳，蘭德斯太太。

拜託叫我柔伊就好了。

坐下來吃飯吧。

這些精美可愛的三明治，是鎮上一間店做的。

我們都好喜歡。

是不是啊，柯絲坦？

還有馬鈴薯沙拉、通心粉和乳酪。

聽起來很美味，蘭德斯太太。

柔伊。

施小姐，也謝謝妳。

▶▶ 打嗝

謝謝妳準備的食物，蘭德斯太太，也謝謝讓我們來玩。

柔伊！

隨時來玩，你們都太客氣了。

施莉黛為你們打包好披薩，讓你們帶回家。

你們想帶再帶，不要有壓力。

掰了，媽。

萊恩，你爸應該快回來了。

好啦，我回來就會見到他啦。

你應該在家迎接他的。

可是我寧可和我的朋友一起去。

還有皮爾先生。

天哪！
他好像不怎麼期待
見到他爸爸。

對啊，
我們幾乎也都沒有見到
他姊姊。

還有，
他媽媽人很好，
不過…

先生們，
請留意你們的禮貌唷。

144

145

146

可以坐到前座嗎？

好啊。

謝謝。

年輕人，
在想什麼？

你怎麼辦到的？

辦到
什麼？

你知道的…
你在萊恩家工作…

家人卻都在海地。

洋基體育場

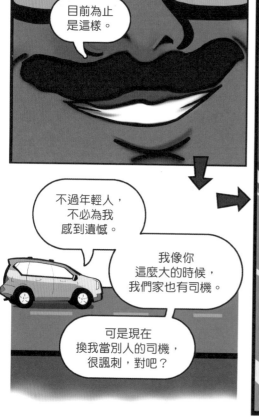

149

消失

第 8 章

*皮爾原文為 Pierre，是常見的法國名字。Oh la la 是法文的否定驚嘆語。

*貝萊爾區是洛杉磯西邊的高級住宅區。

*法文，「是、是」的意思。

東尼、戴夫，管好你們的小子！

不然**怎樣**？德魯。

沒錯，我就是那樣想的！

你最好提著自己的大屁股回去找奶奶。

好啦，兄弟，夠了！

你以為自己去讀了不起的私立學校，就比我們所有人優秀。

你已經不再是我們的同路人了！

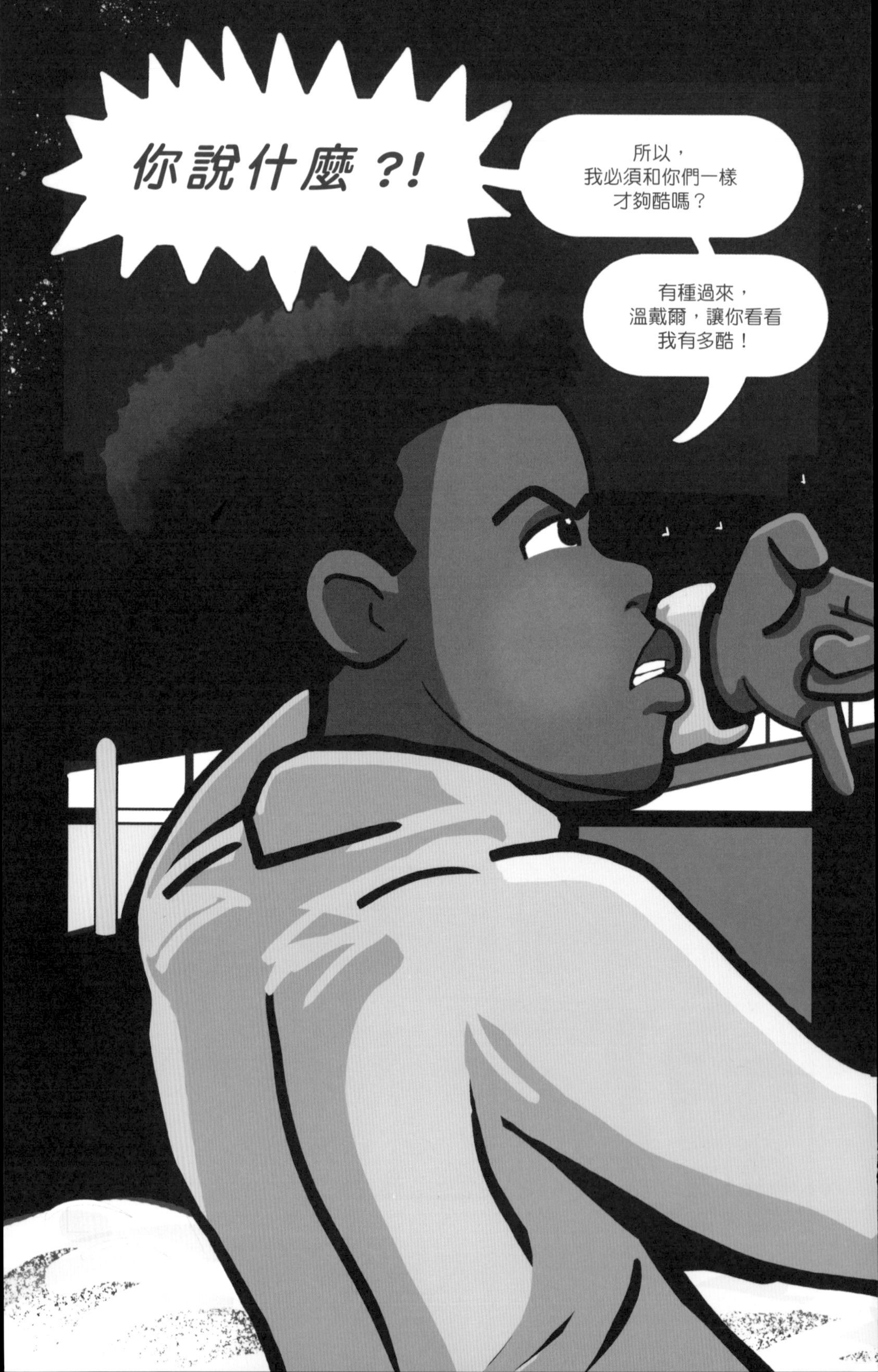
你說什麼?!
所以，我必須和你們一樣才夠酷嗎？
有種過來，溫戴爾，讓你看看我有多酷！

嘿！還記得
我們做的那個雪人嗎？
我們三個，
還有葛瑞和露西。
還有麥克啦！
哪個麥克？
好像有
十個吧？
好懷念那些日子。
嘿！
▶▶最棒的雪人！

第 9 章

派
的一生

166

嘿，兩位。

嘿。

你們的假期如何啊？

還不賴。

一樣。

待會兒見。

要來嗎？喬登。

什麼？喔，好啊。午餐幫我留個位置。

天哪！我討厭在你和萊恩之間選邊站。

抱歉，喬登，我只是還需要一點時間。

可是，你隨時都可以和他在一起。

你也是他的朋友。

謝了，德魯，我——

哇！你開麵包店啊？

唉～艾希莉啦。我猜她這個假期應該烤了不少。

偏偏我忍不下心叫她別再烤了。

就好像，我喜歡她，卻不曉得該怎麼辦。

她真的很好，所以我最不想要的就是傷她的心。

▶▶ 我可能會被問個沒完沒了！

還有，我的家人還滿碎嘴的。

我奶奶不會，是那些姑姑阿姨！

德魯爺爺，你八年級的時候，真的和一個名叫艾希莉的女孩約會過？

喔，凱琳，可以不要再提了嗎？！

如果這裡有女孩喜歡我，我也會怕怕。

老實說，不管哪裡有女孩喜歡我，我都會怕怕。

你覺得當大人比較容易還是困難？

可能差不多吧，只是你得付帳單。

171

我以為這一年
會不一樣…

會更好。

對啊，
我也有自己的事
要面對。

就像我明明
已經十三歲了，
感覺卻還像十二歲。

不是有什麼事
會自然發生在
我身上嗎？

像什麼樣的事？

不要因為
我給你意見，
就表示我知道
該怎麼做。

還是要靠我自己
去讓那些事發生？

我不知道，
長大…變成熟。

我是說，
我已經不像以前那樣
常常畫漫畫了。

而且，
要是我成不了畫家，
我媽也不希望我做…

因為那好像…
不太酷？

那好像只是在
浪費時間。

*原文為「Picture I Drew」，德魯的英文和畫畫的過去式寫法相同，都是「drew」。

手偶的
故事

第 10 章

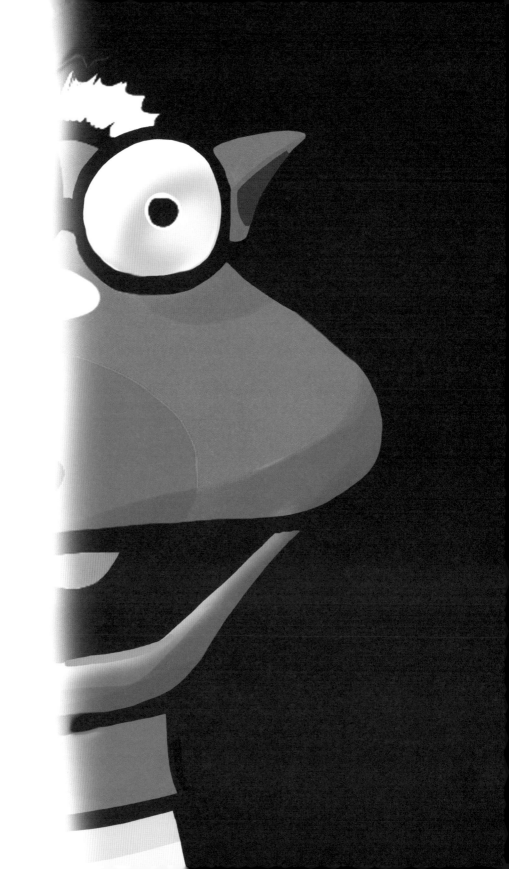

176

如果你塊頭高大，這個世界希望你矮小一點…

但如果你太矮小，又會想要變高變壯！

如果你太害羞，他們會希望你活潑一些…

但如果你夠活潑，又會被要求謙遜一點。

我不「喜歡」你，卻又想「像」你一樣！

然後還是一樣，也許就因為你看起來很像我，所以我才不喜歡你！

要不然就是，他們成天在談論一些自己根本不了解的人！

等一下，我還沒講完！

如果你像萊恩那麼有錢，會刻意低調隱藏這件事。

但如果你是葛拉罕，又會整天在別人面前吹噓自己的財富。

而且，要是你真的喜歡上某個人，偏偏她又會烤五千個派把你推開 !!!

或者…豬豬‧佛洛伊德醫師，你想聽聽這個嗎？

我很想參加河谷中學的籃球隊，我的球技真的很不賴！

卻又覺得是大家期待我去打籃球，因為…

唉～他們覺得理所當然。

況且，我怎麼可能找到時間練球。

尤其我奶奶整天都在工作 ?!

唉～好像沒有人夠堅強，可以好好做自己！

一個人也沒有！

179

那是因為我是舉世聞名的心理學家啊！

除了妳。

不是那個手偶啦!!!

是妳，雅莉珊卓！

妳是怎麼辦到的？

你竟然⋯

徵詢⋯

我的意見？

對啊⋯

我想是吧。

從來沒有人
向我徵詢意見。

嗯，除了我小弟伊恩，
他有時候會問我
要喝什麼湯。

他真的很喜歡字母湯，
因為他喜歡拼字，
然後吃掉它們。

後來他試了
蛤蜊巧達湯，現在
也喜歡上那種湯了。

只是蛤蜊不能玩。
我是說，
蛤蜊的殼可以玩⋯

咕嚕咕嚕！

啊，抱歉！
不過，真的非常
謝謝你！

我可以
抱你一下嗎？

好吧，
我——

太好了！

＊暗諷他是美國職籃選手德安德魯・喬丹二世。

然後⋯
貼文！

唉～

喀嚓

無論如何，
謝謝妳，雅莉珊卓，
我覺得好多了。

妳是我的
英雄。

也謝謝你 !!!

我的天哪！
雅莉珊卓，妳是
怎麼辦到的？

妳說什麼？
讓德魯坐下來
聊天嗎？

對呀！

他整整和妳聊了
16 分鐘
又 32 秒吔！

我到底
做錯了什麼？

這個嘛…

聽我說，艾希莉，
我可以幫妳，不過，
妳得付出一點代價。

妳太努力了。

什麼意思？

妳要什麼？

喔…
唉～
好吧…

好啦，
有三個原則…

首先，
別再烤東西了。

但我只是想表達
對他的欣賞。

拿來，
艾希莉。

唉～好吧，
給妳。

只是個
杯子蛋糕
罷了。

再來…不要緊迫盯人的
去看他的每一場
足球比賽。

可是
我想支持——

噓～第三，
妳是陸上曲棍球隊中
最好的球員。

所以，邀請他去看妳的比賽。

如果他沒有來，那就是一種暗示了

可是——

抱歉，時間到了。

喔…謝謝。我會試試。

別試！只有做或不做！

這是最偉大的布偶，

尤達大師的名言。

我想應該不是他說的…

不過還是謝謝妳，雅莉珊卓。

天哪，你看到了嗎？

我太太太擅長做這種事了！

187

嘿，等等我！

喲，那不是我們的老夥伴德魯嗎？

我喜歡過你，德魯。

對啊，我們都喜歡過你。

喜歡過？

過去式？

拜託，你們該不是為我坐了酷高級黑人桌而惱羞吧？

不，我們說的是，我們喜歡過IG上的你。

看吧？

UwinstSumUIoseSum 噁！二年級生真的超噁心！
查看其他 13 則回覆
Deandre22erdnaed 那個布偶真可憐，希望它趕快逃走。
ericBetter164 我會幫它做雙腿！

我的目的就是要捕捉二年級之愛的這種噁心時刻。

而且我想我已經達到目的了。

是不是啊，小德安德魯？

189

我們也會開設一間多元與包容辦公室。

雖然我還沒有開口徵詢，但我相信他將會是最佳負責人選。

他在這裡的任期內，一直是公平與公正的表率。

利克教練，我想她說的人是你。

他致力包容，並且以身作則。

我不是利克教練！

他深受愛戴與尊敬。

所以，我非常榮幸正式將這個職位授予…

提姆・羅奇先生。

嗯…只是想第一個恭喜你。

謝謝韓森校長。
我很榮幸獲得這份殊榮，
並且接受這個職位。

在座各位認識我的人都知道，
我不在乎你是黑人、白人、
原住民、拉丁人、亞洲人，
還是條紋或格子膚色…

除非，
「格子」意味著
你來自捷克。*

如果是那樣，
只會讓我更關心你。

我將會致力於
讓所有人更能
彼此相愛和同理對方，
讓我們更關切
周遭人的幸福。

哇！葛雷哥萊，
這樣是不是很棒啊?!

謝謝各位。

太棒了。

*格子英文「check」和捷克人的英文「Czech」音相近。

195

*黑人歷史月是每年的 2 月，紀念非裔美國人的成就。

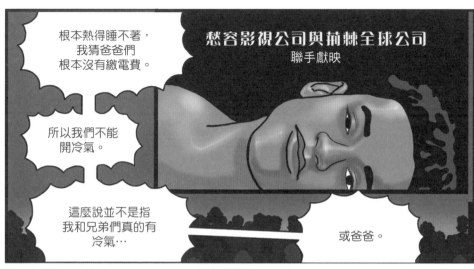

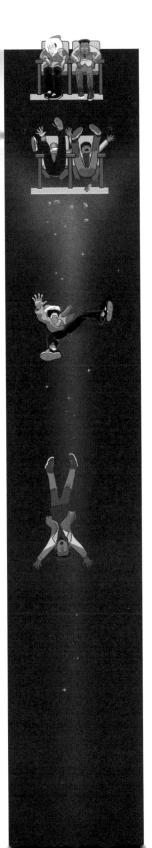

向我展現你的愛吧！

我好愛那個場景！

事實不是那樣的，奧莉薇亞。

為什麼我沒有得到任何補償品？

唉～算了，我知道為什麼。

很奇怪吔。好吧，至少大家知道我們不是——

德魯？

露比？

喔，德魯…我終於明白為什麼艾希莉這麼愛你了！

等一下，妳說什麼？

為那幾次摸你頭髮的事道歉。

妳是說像今天早上嗎？

看我「畫」德魯！一則關於我朋友的漫畫。

美好時光

喬登・班克斯　著

我爸說，他小時候有個電視節目《美好時光》。

講一個非裔美國人家庭在芝加哥南方努力求生存的故事。

又是另一個他們擁有的不多，不過，他們真正需要的是彼此。

既然爸爸說那是他最喜歡的節目，我決定和他一起看幾集…

狄一歐一麥 *！

*《美好時光》主角吉米・麥克創的流行語。

可是我有點困惑。

喔，不要！爸爸失業了！現在他只剩六塊錢！

爸，他們到底有沒有過「美好時光」啊？

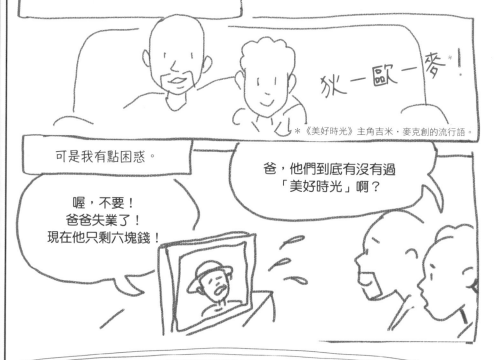

▶▶ 兩週後

好啦，德魯、撒米拉、莫利、露比、葛拉罕、梅萊卡、雷曼和阿莉亞…

你們被「套住」了！

套住了？

「有色人種學生聯誼會」，我們為一、二年級學生新成立的聯誼團體。

下星期召開第一次會議，我會帶甜甜圈來。

有任何問題嗎？

沒去的人也有甜甜圈嗎？

沒有！

喔，安迪，你也應該參加。

對你有好處的，我們兩個都還有很多需要學習。

而且應該會很好玩。

但我不是有色人種學生啊！

我們需要會員…況且，你曾經有三個禮拜是綠色的。

206

第 12 章

聯誼戰爭

你剛剛咬的那個是「我」啊！

是不是代表你也要我真的被咬？

什麼？沒有，撒米拉，我只是…

開玩笑的啦。

▶▶ 第二項練習

接下來我要你們說出自己的名字，然後你右邊的人會問你一個問題。

我是梅萊卡。

妳好，梅萊卡，這…妳是新來的同學嗎？

露比，妳是認真的嗎？我從四年級就在這裡了。

妳還來過我家一起慶祝排燈節*呢！

好吧…這個開場算不錯了。

安迪，你有問題要問德魯嗎？

記得喔，你們是夥伴。

*排燈節是印度最重要的節日。

211

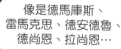

我的問題是：為什麼很多比較潮的名字聽起來都很做作？

像是德馬庫斯、雷馬克思、德安德魯、德尚恩、拉尚恩…

但也不是所有的名字都很做作啊，安迪？

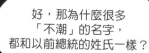

好，那為什麼很多「不潮」的名字，都和以前總統的姓氏一樣？

像是卡特、甘迺迪、哈里遜、葛蘭特、泰樂、傑克森、威爾森、泰勒、麥迪遜…

有總統叫泰樂嗎？

撒米拉，就算我們從來沒看過，妳還是會梳頭嗎？

莫利，既然都是黑人，為什麼高級男孩對你比較不好，對其他人比較好？

露比，為什麼妳的數學那麼糟？

雷曼，你的姓要怎麼念？我總覺得自己叫錯了。

時間到！

葛拉罕，
為什麼你說話
沒有口音？

大家，
可以了！

啪啪

啪啪啪

喬登，你的頭髮
為什麼和德魯
差那麼多？

好啦，
休息吃甜甜圈了！

咯 咯 咯

重新再來一次…
這個聯誼團體的目的
是要學習傾聽，
而不是急著評斷…

我們花太
多時間撕裂
所有的事情了。

聯誼團體的目的
不就是要尋求彼此的
共同點嗎？

214

215

嘿！是萊恩吔。你們兩個到底什麼時候才要和對方說話？

唉～我是說，我們有說話，只是還沒有「好好」談過！

但我覺得現在應該這麼做了，對吧？跟我來。

嗨，萊恩。

喔，天哪！我非去不可嗎？

嘿，老兄，如果你願意聽，我準備好要說了。

德魯，我從聖誕節就準備好了。

對啊，我知道。是我的錯，萊恩。

好吧…我想，去你家後我嚇壞了。

就像…我看見「你」怎麼生活，也看見「自己」怎麼生活…

然後看見我的奶奶，她年紀那麼大了，還要這麼辛苦工作…

而你媽媽卻成天在打網球和做其他之類的事。

等一下！
如果我是那個因為
同樣原因
而不和你說話的人⋯

一定會被冠上
「菁英主義者」的罪名，
或是其他主義者的
稱號。

如果我沒有表現出
任何貶抑你的行為，
你大可不必⋯

你就不應該有
「我高過你」這種
想法，因為我沒有。

我又沒有說
自己那麼想是對的，
我只是說出我的感受。

我還說，
我想要修補⋯

因為，
不管你信不信，
我現在
真的知道
你的感受了。

真的嗎，
德魯？

對啊，真的！

所以，我們要
怎麼修補？

我也不太
知道。

嗶～

就像，
我看過你住在哪裡，
也看過你怎麼生活⋯

218

不,小子

第 13 章

做對的事

喬登‧班克斯　著

這我就不懂了。
大人都告訴小孩要誠實，
說實話…

吧啦　吧啦　　吧啦

他們說要教導我們
長大以後成為好人…

只是每次一出事，他們總是
站在壞小孩那邊。

馬可斯，我知道你的鼻子很痛，
但麥克的拳頭可能也很痛。
所以我說，你們扯平了。

或是像這樣…

沒錯，她每天霸凌妳女兒，
但那也許是她伸出友誼之手的方式，
為什麼不邀請她一起玩呢？

▶▶ 不過這一次，學校終於做對了。
他們真的在努力！

現在的孩子
太軟弱了！

我念書的時候，
老師會隨手
拿教室裡的東西
打我們…

像是計算尺、
算盤、油印機
滾輪…

全國文化
平等理解
溝通會議 ➡

那些都過去了。

提姆，
我們多數人
都經歷過。

德魯和喬登，
放假結束後
我要找你們。

我同意讓你們
幫忙為圖書館
選多元文化
主題的書。

太棒了，
布里克娜小姐。

可以選
圖像小說嗎？

我邀請你們下來是要讓你們親眼看看。

我們明白，讓你們在這裡不會隨時感到不自在的唯一方法就是…

讓大人至少有時候也同樣感到不自在。

所以這一週我們會有些針鋒相對的談話。

是不是啊，凱倫？

對了，喬登，圖像小說不算「真正的」書唷！

哇！喬登，我還是無法相信自己看見的事。

我也無法相信他們並沒有要我參加！

全國文化平等理解溝通會議 →

哇！
看起來好棒啊！
乳酪通心粉是我的最愛。

孩子，
如果你只吃過盒裝的，
那根本不算真的吃過。

而且，他們告訴我
你家的馬鈴薯沙拉時⋯

喔，親愛的，
他們不是
故意的。

我幾乎
要哭了。

葡萄乾 ?!

我不會問你有沒有吃
羽衣甘藍和玉米麵包。

沒有，但我喜歡
玉米馬芬蛋糕。

噓！萊恩，
別說。

可是——

噓！

228

229

▶▶ 謝飯禱告

哇！從來沒吃過像這樣的食物吔。

這才叫「美味」！

查克！

寶貝，我只是被那男孩的迷湯灌糊了腦袋。

不過我得承認，寶貝，你的確讓場面變尷尬了。

還有萊恩，別聽他胡說，才不是那樣。

班克斯先生，你願意把食譜給我媽媽嗎？

也許應該直接給施小姐。

對吔。

230

▶▶甜點時間

希望你們還吃得下甜點。

地瓜派！

看起來很不賴，班克斯先生。

不過，如果我再吃一片派，胃可能就要爆了。

對呀，班克斯先生，他女朋友一個禮拜會烤四十個派給他。

喂，德魯，我做了一些甜點，代表我甜甜的吻，親親！

喔，女朋友啊！德魯，說溜嘴了唷！

她是…你知道的…

好啦，歐普拉＊，讓他們清理完餐桌然後去玩吧？

我們也可以和皮爾先生聊聊。

只有我一個人需要睡午覺嗎？

＊歐普拉是美國知名電視主持人，節目上常訪問各界名人。

那是因為家常美食讓你昏昏欲睡了。

對啊，小菜鳥，也許你現在應該穿上睡衣。

►► 遊戲時間！

►► 午睡時間！

▶▶ 爸爸時間

好啦，
虛擬運動時間結束，
該做些
真正的運動了。

我帶你們去
社區中心投籃。

太棒了！
我換一下衣服！

真是太酷了，
你竟然會和爸爸
一起打球。

從我打
樂樂棒球後，
我爸就再也沒來
看過我的球賽了。

我媽也從來
不會來看我的
任何一場球賽！

喔，我媽也不是
要來看。

那她為什麼要
換衣服？

234

＊英文以「肚子裡有蝴蝶在飛」表示緊張，由圖中看出其實萊恩很緊張。

236

▶▶ 我們先打籃球，萊恩實在不太擅長籃球。

但德魯超——厲害！

米勒社區中心

▶▶ 接著，為了公平起見，爸要我們踢足球。

米勒社區中心

這下子萊恩獨霸全場。
超讚。皮爾先生根本是職業足球員！

媽，我也是嗎？

當然不是，寶貝，你聞起來充滿了陽光的味道。

媽媽媽媽媽！

謝啦，寶貝。

哇，喬登，真是太有趣了！

你的朋友們真好。

對啊，他們就是這個樣子。再次謝謝你們來。

你沒開玩笑吧？

謝謝你！

好啦，大家繫好安全帶。

萊恩，玩得盡興嗎？

班克斯先生，今天是這幾年以來我玩得最開心的一天！

可是，你們全家不是去年才去了義大利嗎？

對啊。

那也很不賴。

在角落停車。

喬登和我下去就行了。

維拉史庫茲教授，你好嗎？

他麻煩大了！都是他害的！

他知道自己不該吃這個！

我們之間還好吧？

再好不過了，兄弟。

我要再次為我的突然不聯絡道歉。

我只是一時搞不清楚。

但我答應不會再評斷你了。

希望你還願意再邀請我去你家。

注意！世界第八大奇蹟來了…

碎乳酪三明治！

太太太好吃了！

好吃
好吃
好吃
好吃

到嘍。

班克斯先生再見。

謝謝你們來，孩子們，隨時歡迎你們來。

喬登，我去買點東西，馬上回來。

好的，爸。

謝謝你，班克斯先生。

哇！這實在太棒了！喬登，謝謝你讓我體驗這些。

也謝謝你願意嘗試！

我保證學校這學年的最後三個月會越來越好。

天哪，
他父母人真好！

他爺爺也很酷！

難怪喬登
總是那麼快樂。

我認識的
小孩中
最快樂的。

嗯，我已經看過
喬登生活的
地方…

但我還是想看看
你生活的地方，
德魯。

真的嗎？

對啊。

好，我傳簡訊
給奶奶。

如果沒有先告訴她
就帶人回家，
她會和我斷絕關係。

哇！有史以來
最棒的一天！

而且
我的提議
很成熟。

嘿！也許
他們說得對…

▶▶合作城

我去一下就回來。

好，需要我就傳訊息給我。

皮爾先生再見。

再見，退隱的美式足球員德魯・布萊索*。

喔！這個厲害！

嗨，奶奶，我們回來了。

嗯，你就是萊恩嘍，你們玩得開心嗎？

喔，開心啊！太棒了！

我為你們準備一點吃的好嗎？

他只是上來看一下，他爸爸還在等他。

噢！

這是我的房間。

哇！看看你的獎盃！

來吧，我帶你去露台看看，那裡很酷唷。

哇，你們家有露台？

對啊，那是我最喜歡的地方。

*前美式足球四分衛球員。

▶▶同時

嘿，喬登，
你為什麼還在外面。

在想
今天的事。

爸，謝謝你
所做的一切。

我做得很高興啊。
不過有點冷，
我們進去吧。

對啊，
真的有點冷了。

你忘了帶鑰匙，
對吧？

我的名字叫喬登·班克斯，我集眾多東西於一身…

但「完美」並非其中之一，而且從現在開始，我會接受這件事！

啪！

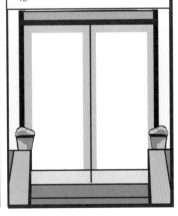

呃，如果你允許，我要先離開了，因為我還有漫畫要畫呢！

主要人物介紹

喬登・班克斯
爸媽安排喬登進入河谷中學就讀，但喜歡畫畫的他一直想去的是藝術學校。在河谷中學交到了兩位好友，德魯和萊恩。

安德魯・艾利斯
大家稱他為「德魯」。德魯是美式足球隊明星球員，覺得在學校不能做自己，必須表現得更好。死對頭是安迪。

萊恩・蘭德斯
家裡十分優渥，不過父母不和，讓他很困擾。

安迪・彼得森
經常取笑欺負同學，上一學年與德魯起了爭執，不喜歡德魯。

艾希莉・馬丁、露比・吳
同學笑稱她們兩位是八卦女。艾希莉喜歡德魯，常常做派或杯子蛋糕送德魯，以表達心意。

雅莉珊卓
總是戴著布偶手套的同學，出乎意料的很會開導人。

艾力克斯、雷曼、葛拉罕、撒米拉、梅萊卡、阿莉亞
河谷中學的八年級學生，參加了羅奇老師新的聯誼團體。

羅奇老師
河谷中學老師，致力於讓學校更加多元化。

柯克、肯尼、卡羅斯、蕭納
喬登之前就讀學校的同學。

溫戴爾、戴夫、東尼
與德魯一起長大的朋友，因為德魯到河谷中學讀書而起了爭執。

皮爾先生
萊恩家的司機，遠離家鄉到美國賺錢。

謝謝非常了不起的 M'shindo Kuumba，
他將我的上色能力提升到完全不同的境界。

獻給我的家人 Aren、Jay 和 Autier。
我的兒子一直是我靈感的泉源。

謝謝 Suzanne Murphy、Rosemary Brosnan、Patty Rosati；
我的編輯 Andrew Eliopulos；行銷企劃 Jacquelynn Burke；
美術設計 Cat San Juan；藝術指導 Erin Fitzsimmons；
還有 HarperAlley/Quill Tree Books 出版社傑出團隊中的其他成員，
謝謝你們相信我，願意讓我用自己的方式說自己的故事。

大大感謝我的經紀人 Judy Hansen，從一開始就與我並肩作戰，
將《新來的同學》和《新來的同學 2 好朋友的約定》付梓成書。

感謝每一位給予我祝福，
並且同意讓我以他們的作品作為篇章名的作者和繪者：
傑夫・肯尼（《葛瑞的囧日記》）、
Barry Deutsch（*Hereville:How Mirka Got Her Sword*）、
Ryan Andrews（*This Was Our Pact*）、
Shannon Hale 與 LeUyen Pham（*Real Friends*）、
Kazu Kibuishi（*Amulet*）、
Terri Libenson（*Invisible Emmie*）、
蕾娜・塔吉邁爾（*Ghosts*）、
Dav Pilkey（*Captain Underpants*）、
Jarrett J. Krosoczka（*Hey, Kiddo*）

感謝那些願意讓我將他們放進書中成為彩蛋的的作者們：
Kwame Alexander、Jason Reynolds、Jacqueline Woodson、
Elizabeth Acevedo、Renée Watson、Derrick Barnes、Nic Stone、
Angie Thomas、Tami Charles、Eric Velasquez。

謝謝我的美術助理 John-Raymond De Bard。

謝謝 Carol Fitzgerald、Andrea Colvin 和所有的粉絲，
不管是小孩、老師、圖書館員、家長、讀書會團體、書評家、
部落客、出版界，特別是鍾愛《新來的學生》的獎項評審。

新來的同學 2
好朋友的約定
圖像館

作者：傑瑞·克萊福（Jerry Craft）
譯者：劉清彥
封面設計：達　姆
內頁排版：傅婉琪
責任編輯：蔡依帆

國際版權：吳玲緯
行銷：闕志勳　吳宇軒
業務：李再星　陳美燕

總編輯：巫維珍
編輯總監：劉麗真
總經理：陳逸瑛
發行人：涂玉雲
出版：小麥田出版
城邦文化事業股份有限公司
地址：臺北市民生東路二段 141 號 5 樓
電話：886-2-25007696·傳真：886-2-25001967
發行：英屬蓋曼群島商家庭傳媒股份有限公司城邦分公司
地址：臺北市中山區民生東路二段 141 號 11 樓
網址：http://www.cite.com.tw
客服專線：02-25007718；25007719
24 小時傳真專線：02-25001990；25001991
服務時間：週一至週五上午 09:30-12:00；下午 13:30-17:00
劃撥帳號：19863813　戶名：書虫股份有限公司
讀者服務信箱：service@readingclub.com.tw

香港發行所：城邦（香港）出版集團有限公司
地址：香港灣仔駱克道 193 號東超商業中心 1F
電話：852-25086231·傳真：852-25789337

馬新發行所：城邦（馬新）出版集團
Cite(M) Sdn. Bhd. (458372U)
41-3, Jalan Radin Anum, Bandar Baru Sri Petaling,
57000 Kuala Lumpur, Malaysia.
電話：+6(03)-90563833·傳真：+6(03)-90576622
讀者服務信箱：services@cite.my

麥田部落格：http:// ryefield.pixnet.net
印刷：漾格科技股份有限公司
初版：2023 年 5 月
售價：399 元
ISBN 978-626-7000-98-4
EISBN：9786267000991（EPUB）
（本書如有缺頁、破損、倒裝，請寄回更換）
版權所有·翻印必究

城邦讀書花園
www.cite.com.tw

國家圖書館出版品預行編目 (CIP) 資料

新來的同學. 2：好朋友的約定 / 傑瑞. 克萊福 (Jerry Craft) 著；劉清彥譯. -- 初版. -- 臺北市：小麥田出版：英屬蓋曼群島商家庭傳媒股份有限公司城邦分公司發行, 2023.05
面；　公分. -- (小麥田圖像館)
譯自：Class act
ISBN 978-626-7000-98-4(平裝)

947.41　　111022519